1, 2, 3, 4

THÉATRE
DE SÉRAPHIN.

IMPRIMERIE D'ANT. BERAUD,

Faubourg Saint-Martin, n°. 70.

THÉATRE
DE SÉRAPHIN,

ou

LES OMBRES CHINOISES,

Dialoguées, commentées, abrégées et
moralisées pour les enfans.

Ouvrage orné de figures en taille-douce, et
d'un grand nombre de planches gravées en
bois, par Duplat et Bénard.

QUATRIÈME ÉDITION,

Revue, corrigée et augmentée de deux dialogues.

TOME I.

À PARIS,

LIBRAIRIE D'ÉDUCATION
ALEXIS EYMERY,
RUE MAZARINE, N°. 30.

····

1816.

PRÉFACE.

—

Depuis *long-temps* on s'occupe des moyens de faciliter la lecture aux enfans. Pour parvenir à ce but, on a cherché à leur procurer des livres remplis d'historiettes amusantes, qui, mêlant à cette étude un genre de récréation convenable à leur âge, sèment le plaisir sur les pas de l'instruction. Il leur faut, dès qu'ils quittent les Abécédaires, une lecture qui captive leur attention, pique leur curiosité; et, nous pensons que rien n'est *plus convenable à cela que le petit ouvrage dont nous publions la quatrième édition, ouvrage auquel nous avons fait de nombreux changemens, et que nous avons augmenté de d' ux dialogues. On peut dire, avec vérité, que les ouvrages de Berquin,*

et ceux qui lui ressem-
blent, ont accéléré,
d'une manière éton-
nante, les progrès de
la science. Si ces pro-
ductions ont évidem-
ment contribué à l'a-
vancement de la lec-
ture, quel espoir ne
doit-on pas fonder sur
un recueil, dialogué,
des pièces du théâtre

de Séraphin, théâtre
pour lequel tous les
enfans se passionnent,
et qui fait leurs plus
chères délices. La lec-
ture de ces petits vo-
lumes ne sera pas pour
eux un travail, mais
une jouissance, dont
on ne peut attendre
que de grands succès.
Comment, en effet,

résisteront-ils au désir
de repasser les traits
les plus frappans qu'ils
ont vus sur la scène ?
et comment ne pour-
roient-ils pas se com-
plaire dans un dialo-
gue suivi sur des sujets
dont la représentation
leur a procuré un plai-
sir indicible, à un spec-
tacle imaginé, créé, et

destiné exclusivement pour l'enfance ?

Si les pièces, jouées aux grands théâtres, sont propres à corriger les mœurs des personnes raisonnables, les traits de morale qu'on a répandus dans ces deux volumes, font espérer qu'ils ne produiront pas un effet

b

moins satisfaisant sur un âge susceptible de toutes sortes d'impressions, et auquel tout homme sensé doit s'imposer la loi de n'en faire prendre que de bonnes.

Nous avons eu soin d'employer dans cet ouvrage plusieurs espèces de caractères, *pour familiariser les enfans avec les différens corps d'impression qui se trouvent dans les livres. Les lettres italiques dont se compose cette Préface, les titres et les vers qui sont mêlés aux dialogues, les prépareront à déchiffrer l'écriture ordinaire, avec laquelle* cette espèce de type a le plus de ressemblance. Ainsi donc, on peut assurer d'avance que l'idée de cette petite production, qui conduira les enfans du livre au théâtre, et du théâtre au livre, tournera au profit de ces jeunes lecteurs, et du spectacle lui-même.

—

PORTRAIT

DE POLICHINELLE.

—

Quels succès par les siens ne
sont pas effacés !
Les Roussel passeront, les Janot
sont passés ;
Lui seul toujours de mode, à
Paris comme à Rome,
Se prodigue encor sans s'user,
Lui seul, toujours sûr d'amu-
ser,
Pour les petits enfans fut tou-
jours un grand homme.

D'ARNAULT.

b*

THÉATRE DE SÉRAPHIN.

DIALOGUE Iᴇʀ.

LA MAMAN.

Mᴇs enfans, si vous êtes bien sages, je vous mènerai voir le théâtre de Séraphin, ou les Ombres Chinoises; vous sa-

vez comme vous vous
y êtes amusés dernriè-
rement.

CHARLES.

Maman, vous ne
pouvez nous procurer
un plus grand plaisir
que celui-là.

HENRI.

Comme ce Polichi-
nelle nous a fait rire!

SOPHIE.

Mais qu'est - ce que c'est donc que ce Polichinelle? car, quoiqu'il soit de bois, il n'en représente pas moins un homme qui a dû exister. Je vois sa figure partout; il n'y a pas un de ces petits théâtres à marionnettes , où il ne joue le rôle principal.

LA MAMAN.

Polichinelle étoit un homme contrefait, ainsi que vous le voyez dans son portrait ; mais comme, malgré sa laideur et sa mauvaise tournure, c'étoit un goguenard qui affectoit un air de forfanterie, les batteleurs ont fait de ce fanfaron

un héros de théâtre, et
ont mis sur son compte
une foule d'aventures
hardies, plus divertis-
santes les unes que les
autres, pour attirer du
monde à leur spectacle.
Son nom vient de *pulli-
cinello*, mot italien qui
signifie petit habitant
de la *Pouille*, province
du royaume de Naples,

comme je vous le ferai
voir sur votre carte de
géographie.

CHARLES.

Comment! Polichi-
nelle faisoit le rodo-
mont? c'est pour cela,
maman, qu'à ces petits
théâtres portatifs, que
l'on rencontre dans les
rues et sur les boule-

vards , on le voit se battre tantôt contre des spadassins, tantôt contre des commissaires , tantôt contre des poissardes.

HENRI.

Je me rappelle bien, moi, qu'il a renversé des écosseuses de son cabriolet, comme on le

I. 3

voit sur la gravure.
Pourquoi les maltrai-
toit-il donc ainsi?

LA MAMAN.

C'est qu'elles avoient
manqué à Polichinelle
en ce que, dès l'instant
qu'elles l'avoient aper-
çu, elles s'étoient oppo-
sées à ce qu'il passât de
leur côté : il a été obligé
de fouetter son cheval,

qui s'est emporté, et qui
a fait tomber leurs mar-
chandises pour s'ouvrir
un passage ; la roue a
froissé la jambe d'une
des poissardes : celle-ci
alors a fait l'estropiée ;
elles ont appelé le com-
missaire, qui a entendu
leur plainte, et condam-
né Polichinelle à une
amende. Ces dames, qui

sont très-faciles à cal-
mer, ont cherché à se
réconcilier avec Poli-
chinelle, en lui disant
que, s'il vouloit les con-
duire aux Porcherons,
ils y boiroient ensem-
ble l'argent de l'amende.
Polichinelle, feignant
de céder à leur propo-
sition, les a fait mon-
ter en cabriolet.

CHARLES.

Mais à peine étoient-elles placées auprès de lui, qu'il leur a fait toutes sortes de niches; il a fouetté de nouveau son cheval, qui s'est cabré, et a renversé les écosseuses dans la boue.

HENRI.

Oh! oui; mais Polichinelle a supporté à

3*

son tour bien des vexations, car elles l'ont appelé bossu, tortu, bancal, et elles ont battu son cheval : cette pauvre bête ne devait pas répondre des fautes de son maître.

LA MAMAN.

Elles n'en ont pas moins été renversées

dans la boue; mais je ne plains nullement ces dames ; cela leur apprendra une autre fois à ne pas barrer le chemin aux gens. Quand ces femmes-là sont dans leurs goguettes , elles se croient tout permis; elles parlent à tort et à travers, et se moquent du tiers et du quart. Je suis persuadée que, si elles fussent restées là, elles auroient encore insulté l'épouse de Polichinelle; mais c'est assez disserter aujourd'hui sur les marionnettes : demain nous dirons deux mots de cette femme si célèbre parmi les marionnettes. Je veux savoir ce-

pendant, avant de ter-
miner cet entretien ,
quel sera celui de vous
deux, Charles et Henri,
qui pourra me répéter
le compliment par le-
quel le facétieux bossu
débute toujours sur le
théâtre: c'est une vieille
chanson que tous les
enfans apprennent par
cœur. Voyons, mes pe-

tits enfans, qui de vous deux a le plus de mémoire?

CHARLES.

Maman, vous vous rappelez bien que je n'ai encore été qu'une fois aux Ombres Chinoises, et que par conséquent je ne puis pas l'avoir retenue.

HENRI.

Oh bien! moi, qui ai vu le théâtre de Séraphin trois fois, je le sais; en voici la preuve, écoutez bien:

Avec grande impatience;
Messieurs et dames, je vous
attendais;
J'ai l'honneur de votre pré-
sence,
Elle remplit tous mes souhaits;
Eh! oui, oui, eh! non, non,
Je n'en dirai pas davantage.

SOPHIE.

Si tu parviens, mon
frère, a retenir aussi
bien tes leçons de gram-
maire que ce mauvais
couplet, on fera quel-
que chose de toi.

LA MAMAN.

Je vais faire une vi-
site ou deux, et à mon
retour je récompense-

rai celui qui aura le mieux lu et le mieux écrit de Charles ou de Henri.

Le petit lecteur.

I.

DIALOGUE II.

Madame Gigogne et sa famille.

LA MAMAN.

MES enfans, je vous ai promis hier de vous dire un mot de la femme de Polichinelle; il est juste que je vous tienne parole : je vais

4*

vous faire voir son por-
trait.

HENRI.

Ah ! c'est madame
Gigogne, je la recon-
nois à son gros ventre,
et aux enfans qui sor-
tent de dessous ses ju-
pons.

CHARLES.

Celui de ces petits

marmots qui m'a le plus amusé, est celui qui est à cheval et qui agite si bien son sabre. Je ne puis concevoir comment on peut faire gesticuler avec autant de précision , de petits hommes de bois; il y a dans tout cela un mystère que je voudrois bien pénétrer.

LA MAMAN.

Le mécanisme de ces marionnettes est on ne peut plus ingénieux ; c'est au moyen de fils artistement disposés, qu'un homme placé hors de la vue du public leur fait faire tous les mouvemens et tous les exercices qui causent votre étonnement;

mais il est inutile de chercher à connoître le secret de cette espèce de magie ; il faut d'ailleurs avoir une idée de *la mécanique*, pour comprendre l'effet des poulies, des contre-poids et des autres forces physiques employées dans ce théâtre ; et il viendra un temps

où vous apprendrez tout
cela.

SOPHIE.

Mais, maman, con-
noît-on l'histoire de ma-
dame Gigogne, comme
celle de Polichinelle?

LA MAMAN.

Le nom de madame
Gigogne est un nom de
fantaisie, et cette fem-

me n'a réellement ja-
mais existé : c'est sans
doute le caractère de
quelque grosse commè-
re qui a eu une ving-
taine d'enfans, et que
l'on a voulu singer dans
madame Gigogne : cela
me paraît d'autant plus
vraisemblable, que ce
mot vient à coup sûr
du latin *gigno*, qui,

suivant ce que m'a dit dernièrement le maître de votre cousin Auguste, veut dire : *procréer, engendrer.*

HENRI.

J'aime beaucoup les quatre petits enfans tout nus qui se tiennent par la main; mais je ne conçois pas comment des pygmées qui n'ont qu'un jour , qu'une heure même, peuvent danser , et danser en cadence.

LA MAMAN.

C'est une fiction faite pour récréer les enfans, et dont ceux qui ont un peu de sens commun ne peuvent être dupes. On

I.   5

danse à tout âge quand on est de chêne ou de noyer.

Mais c'est assez parler de marionnettes; entretenons - nous un instant des Ombres Chinoises qui excitent encore beaucoup plus de surprise, puisque des figures découpées en carton y jouent le

rôle de personnes natu-
relles. Nous revien-
drons aux acteurs de
bois.

Madame Gigogne en vélocifère.

DIALOGUE III.

Le Maître d'école.

SOPHIE.

MAMAN, voici une
estampe qui me rap-
pelle une pièce des Om-
bres Chinoises, dont
vous parlez : c'est un
petit garçon auquel un

maître d'école donne
des férules.

LA MAMAN.

Vous savez qu'il les
avoit bien méritées.
Comment! ce petit po-
lisson ne savoit pas
compter jusqu'à cin-
quante-deux.

HENRI.

Oh ! c'est vrai. Au

lieu de dire : *quarante-deux et dix font cinquante-deux*, il a eu la sottise de soutenir que cela faisoit *quarante-douze*. Comme j'ai ri de cette balourdise!

CHARLES.

Ah! cela ne méritoit pas des férules comme il en a reçu sur le bout

des doigts; et si j'avois
un maître aussi sévère,
je sais bien ce que je
ferois.

LA MAMAN.

Comment ! ce que
vous feriez? Est-ce que
vous ne souffririez pas
les punitions que l'i-
gnorance et la paresse
vous auroient attirées?

Je me flatte, mon ami,
que vous n'imiteriez
pas la conduite de ce
petit mauvais sujet,
qui, après avoir été
corrigé, s'est mis à in-
jurier son maître. C'est
en travaillant que l'on
parvient à se faire ai-
mer de ceux qui sont
chargés de notre édu-
cation, et les maîtres

rendent un grand ser-
vice aux enfans qui
négligent leurs devoirs,
en les punissant. Si j'a-
vois été la maman de
ce petit garçon, et que
j'eusse appris la ma-
nière dont il s'étoit
comporté à l'école, je
l'y aurois ramené moi-
même, et je l'aurois
châtié devant celui qu'il

auroit eu la hardiesse d'insulter.

SOPHIE.

Je blâme moi-même la conduite du petit garçon ; mais peut-être aussi y a-t-il un peu de la faute du maître, qui n'a pas su se faire respecter dans le prin-cipe, et qui a donné à

ses écoliers une liberté
dont ils ont abusé. C'est
en se montrant juste
et sévère qu'on en im-
pose au premier âge de
l'enfance ; mais il est
des écoliers tellement
gâtés par leurs parens,
que les maîtres n'osent
pas même les répri-
mander; et ils sont obli-
gés ensuite, pour en

venir à bout, de recourir aux plus grands moyens de rigueur : et c'est ce qu'ils devroient éviter.

HENRI.

Moi, j'admire la patience de ce maître d'école, qui n'a pas couru après lui; tout le monde l'eût applaudi, car il

est honteux qu'un en-
fant de dix à douze ans
ignore les premières
règles de l'arithméti-
que.

LA MAMAN.

Voilà qui est sage-
ment raisonné; c'est
en pensant de la sorte
qu'on se soustrait aux
punitions; et l'on fait

fort bien , car il est très-dur de recevoir des férules.

HENRI.

Une fois j'en ai reçu une, pour avoir manqué d'étudier ma leçon ; mais je me promets bien de la savoir désormais par cœur.

LA MAMAN.

C'est très-bien ! Mes

enfans, vous allez ré-
péter votre grammaire,
et nous reviendrons en-
suite à la cinquième fi-
gure.

Le petit paresseux.

DIALOGUE IV.

L'âne et son maître.

CHARLES.

Voici l'âne entêté qui ne veut pas marcher, et que son maître est obligé de porter sur son dos. Oh ! j'ai déjà entendu parler de l'o-

piniâtreté des ânes, et
surtout de celle des
mulets et des mules. Je
ne conçois pas com‑
ment on peut employer
des montures aussi peu
dociles.

LA MAMAN.

Vous avez tort, mon
fils : l'âne est un animal
domestique très-utile à

l'homme; il supporte de grandes fatigues, il est très-sobre, et coûte par conséquent fort peu à son maître. Ce que vous prenez pour de l'entêtement, est peut-être un trait de son instinct, qui l'emporte quelquefois sur la raison de l'homme. On a vu souvent de ces

mules dont vous par-
lez, refuser de passer
dans des chemins, parce
qu'il y avoit, à le par-
courir, un danger dont
le conducteur même ne
s'apercevoit point; et
si l'âne fait quelque-
fois tant de difficulté
pour aller à l'abreu-
voir, c'est qu'il n'a pas
besoin de se désaltérer.

Cet animal, abandon-
né toute sa vie à la
grossièreté des valets,
ou à la malice des en-
fans, mène une exis-
tence malheureuse; il
est le jouet, le plastron
des rustres qui le con-
duisent le bâton à la
main, qui le frappent,
le surchargent, l'excè-
dent sans précaution

et sans ménagement;
cependant l'âne est le
mieux bâti des ani-
maux après le cheval ;
et parce qu'il est le se-
cond des quadrupèdes,
il semble n'être rien,
ce qui est une injus-
tice criante. Son nom,
devenu ignoble, est
l'emblême de la bêtise,
parce que son extrême

résignation, sa douceur
et sa persévérance dans
le travail, passent pour
l'effet d'une stupide in-
sensibilité ; cependant
on devroit le citer com-
me un modèle de so-
briété , qui s'impose
une continuelle absti-
nence.

SOPHIE.

Je ne puis jamais

I.   7.

voir maltraiter une bourrique sans en être affligée, depuis que ma grand'maman a été guérie d'une maladie très-sérieuse, avec du lait d'Ânesse.

HENRI.

J'ai bien ri l'autre jour, moi, en voyant l'âne d'un jardinier,

chargé de pommes, se
rouler sur la poussière,
malgré ses manne-
quins, et répandre par
conséquent les fruits
qu'il portait sur le che-
min.

LA MAMAN.

Vous avez eu raison,
car cela ne lui seroit
pas arrivé, si son maî-

tre avoit eu soin , tous
les jours, de lui donner
de bonne litière, et de
le panser. La négli-
gence dans laquelle il
l'a constamment tenu ,
est la cause des déman-
geaisons qu'il éprouve,
et auxquelles il ne peut
résister: il est donc obligé, pour les calmer, de
se rouler sur la terre.

CHARLES.

Mais, maman, comment se peut-il faire que ce paysan puisse porter son âne ? il me semble cependant que cet animal est très-pesant.

SOPHIE.

C'est qu'aux Ombres Chinoises on pourroit faire porter à un hom-

7*

me un dromadaire, si
on le vouloit, puisqu'un
éléphant n'y pèse pas
la sixième partie d'une
once ; mais il est très-
peu de personnes en
état de charger un âne
sur leurs épaules ; et
quand même elles pour-
roient le faire, cet ani-
mal ne seroit pas d'hu-
meur à le souffrir.

HENRI.

Je viens d'apercevoir la chasse aux canards, allons-nous en parler aujourd'hui, maman?

LA MAMAN.

Non, non; il nous faut maintenant apprendre notre leçon de mythologie: vous savez

que votre maître vient
ce soir. Dans un autre
instant nous revien-
drons au théâtre de
Séraphin.

L'éléphant et le cheval.

DIALOGUE V.

La chasse aux canards.

LA MAMAN.

VOILA cette fameuse chasse aux canards, que Charles était si curieux de voir hier ; on peut dire en effet que c'est le chef - d'œuvre

des Ombres Chinoises.
Tous les ressorts de
l'art se sont ici réunis
pour charmer les yeux;
c'est un bateau qui na-
vigue, un homme qui
manie l'aviron; un au-
tre qui tire un coup de
fusil, enfin un canard
qui est frappé du plomb
meurtrier, et qui tombe
mort aux pieds du chas-

seur, puis deux autres qui s'échappent en nageant.

SOPHIE.

Ensuite, maman, ces voix que l'on entend, et qui disent : — Moi, je veux qu'on fasse cuire le canard à la broche ; — je veux qu'on le mette en daube avec des

ognons. Je suis persua-
dé que tout cela doit
beaucoup occuper l'es-
prit de ces petits en-
fans que je vois amener
en robe au théâtre de
Séraphin, et qui à peine
savent parler. Je me
rappelle, moi, qu'au
sortir de nourrice, ma
bonne me mena aux
Ombres Chinoises, et

que de retour à la mai-
son , je ne savois que
dire en moi-même de
ces hommes si petits
et qui ont une si grosse
voix.

LA MAMAN.

Vous avez raison ;
car si la perspective
peut nous faire croire
que ces chasseurs sont

I.   8

assez éloignés de nous
pour nous paroître aussi
petits , leurs voix de-
vroient à peine se faire
entendre; mais c'est une
impuissance dont l'art
ne peut pas triompher!
Ces chasseurs font bien
tout ce qu'ils peuvent
pour imiter une con-
versation qui se tient
dans le lointain , mais

ils n'atteignent pas en-
tièrement leur but; ils
ne pourroient y parve-
nir qu'en parlant dans
des instrumens à vent
préparés à cet effet.
C'est ainsi qu'avec un
cor auquel on a appli-
qué une sourdine , on
obtient des sons qui
paroissent provenir d'u-
ne très-grande distance.

CHARLES.

Maman, j'ai eu bien peur du coup de fusil qu'un de ces hommes a tiré; est-ce qu'il étoit vraiment chargé avec de la poudre et du plomb?

LA MAMAN.

Non, parce que cela seroit dangereux, et ne meneroit à rien, puisque le canard tombe au moyen d'un fil qui le tient suspendu : pour en imposer aux regards, on brûle seulement une petite amorce ; mais le coup que vous avez entendu provient de la détonnation d'un pétard, que l'on fait partir dans la coulisse.

8*

HENRI.

Maman, est-ce sur de l'eau qu'on voit voguer le bateau que cet homme conduit avec un aviron?

LA MAMAN.

Non, mon fils; ce qui vous semble de l'eau, est imité par une toile peinte, et le batelet est tiré sur le théâtre par des moyens mécaniques: ce qui fait croire qu'il obéit aux manœuvres du batelier.

CHARLES.

Ces paysans-là sont bien heureux d'avoir tué un aussi beau canard, et de le manger à leur souper. Je veux absolument que papa m'achète un fusil; nous irons à la chasse avec mon frère, et tous les jours nous vous rapporterons du gibier.

LA MAMAN.

Vous êtes trop jeune, mon fils, pour vous livrer aux plaisirs de la chasse ; il ne faut pas qu'un enfant de votre âge manie un fusil ; c'est une arme trop périlleuse, et elle vous se oit bientôt funeste.

SOPHIE.

Je crouve en effet que les parens qui accoutument les enfans à manier des fusils, des baïonnettes, des sabres, des épées, ont très-grand tort ; parce qu'ils prennent du goût pour des armes dont ils ignorent le danger. C'est à cela que mon frère de lait doit la perte d'un œil ; un jour viendra qu'il en sera inconsolable.

CHARLES.

Eh bien ! en ce cas,

je ne veux plus que maman m'achète le sabre que je lui demandois ; je préfère maintenant une petite bourse : j'y mettrai l'argent que me donne mon papa, et je ferai de temps en temps l'aumône à cette pauvre femme que nous rencontrons toujours en allant aux Tuileries,

et qui chante avec un
voile.

HENRI.

Et moi, je vendrai
mon fusil pour acheter
des souliers à son petit
garçon.

LA MAMAN.

C'est bien penser,
mes enfans; allons, nous
devions passer la soirée

ici; mais je vous mene-
rai à la promenade : de-
main nous parlerons
du Pont cassé.

Premier chasseur.

I 9.

Second chasseur.

DIALOGUE VI.

Le Pont cassé.

HENRI.

Maman, vous nous avez promis hier de nousentretenirdu Pont cassé ; nous tiendrez-vous parole ?

CHARLES.

Oh! oui, ma bonne

maman, car il n'y a pas de pièce aux Ombres Chinoises qui me fasse plus de plaisir que celle-là.

LA MAMAN.

Et qu'y trouvez-vous donc de plus amusant qu'aux autres?

CHARLES.

C'est de voir com-

ment ce petit garçon attrape, par ses répon-
ses, ce monsieur qui l'accable de questions.

LA MAMAN.

Mais je ne vois pas ce qu'il y a de beau dans les insolences qui sortent de la bouche de ce petit drôle. Comment! un étranger lui

9*

demande l'heure qu'il est, et il a l'impudence de lui tourner le dos et de lui dire, en montrant son derrière, *voilà le cadran solaire* : ceci est de la dernière grossièreté.

SOPHIE.

Et puis, ce monsieur qui paroît très-pressé, et qui, ne voyant pas

de batelier, veut se ha-
sarder de passer le gué
à pied, et le questionne
pour savoir si la rivière
a beaucoup de profon-
deur; et l'impertinent
a la méchanceté de lui
dire, en chantant, *les
canards l'ont bien pas-
sée;* mais je ne vois rien
de plus désobligeant
que cela.

HENRI.

Il faut convenir aussi
que cet homme n'avoit
pas besoin de pousser
la curiosité jusqu'à lui
demander le nom de
son père.

LA MAMAN.

Ce n'est nullement
par esprit de curiosité,
que cet étranger lui fait

cette question; c'étoit seulement pour parvenir à connoître ses parens, et à se plaindre à eux de la conduite de leur enfant; et si celui-ci, au lieu de plaisanter comme il l'a fait, eût répondu avec franchise, il en eût été quitte pour une semonce de son père ou de sa mère.

SOPHIE.

Et il n'auroit pas re-
çu cette volée de coups
de canne, dont j'ai vu
et entendu régaler ses
épaules.

CHARLES.

Oui, mais l'étranger
aussi a bien fait de se
retirer, car le petit garçon alloit se venger.

SOPHIE.

Il étoit bien temps , après avoir eu les épaules frottées de la bonne manière. Voilà comme font tous les poltrons ; ils songent toujours à se venger des gens , quand ils les voient bien loin.

LA MAMAN.

Nous nous sommes

assez occupés du Pont cassé ; repassons un peu la leçon de géographie que vous avez reçue de votre maître : demain, à la même heure, nous reviendrons aux marionnettes. J'ai beaucoup de choses à vous dire encore sur ces acteurs de bois.

DIALOGUE VII.

Arlequin.

HENRI.

MAMAN, vous nous avez promis de nous entretenir ce matin du théâtre de Séraphin ; je crois que vous avez oublié de nous parler

I.   10

de ce personnage, dont le costume est composé de petits morceaux de draps de plusieurs couleurs, et dont le visage est noir comme celui d'un charbonnier.

SOPHIE.

C'est d'Arlequin, sans doute, que tu veux parler?

HENRI.

Oui, c'est d'Arlequin.

LA MAMAN.

Il est juste, mes enfans, que vous fassiez connoissance avec ce bouffon toujours gracieux et souvent le plus spirituel personnage de la troupe de Séraphin. Arlequin a jadis été

introduitsurnosgrands
théâtres pour divertir
le peuple par ses plai-
santeries; il jouoit alors
le rôle principal dans
toutes les pièces fran-
çaises qu'on représen-
toit sur le Théâtre des
Italiens.

CHARLES.

Quoi! maman, il y a

des Arlequins ailleurs qu'aux Ombres Chinoises ?

LA MAMAN.

Oui, mon fils, on en voit encore quelquefois dans de petites pièces mêlées de couplets , qu'on appelle *Vaudevilles.*

HENRI.

Vous nous avez raconté, l'autre jour, l'histoire de Polichinelle ; pourriez-vous aujourd'hui nous apprendre celle d'Arlequin ?

LA MAMAN.

On prétend qu'il doit son origine aux anciens Mimes latins , qui , comme lui, avoient la tête rasée, et le visage couvert de suie, et qu'on nommoit *Planipèdes*.

HENRI.

Qu'est-ce que c'est que des *Mimes?*

LA MAMAN.

On donnoit autre-fois, chez les Romains, ce nom à une espèce de comédie où l'on imitoit

les actions et les dis-
cours d'un particulier :
aujourd'hui ce nom sert
à désigner les acteurs
qui jouent dans les
pantomimes, ou, pour
m'expliquer d'une ma-
nière plus claire, pour
vous, dans des pièces
où les personnages ne
parlent pas.

SOPHIE.

Comme celle que j'ai vue au Cirque de Francony?

LA MAMAN.

Précisément, l'ancien caractère d'Arlequin étoit seulement d'être balourd et gourmand; mais on lui a donné du

bon sens, de la morale,
et beaucoup de simpli-
cité. Je terminerai cet
entretien par quelques
lazzis : on nomme ainsi
le langage d'Arlequin,
et vous verrez, mes en-
fans, que ce bouffon
au noir visage, n'est pas
le moins amusant de
ceux qui composent la
troupe du théâtre où

vous aimez à passer vos soirées.

CHARLES.

Nous sommes impatiens de vous entendre.

LA MAMAN.

Gilles est supposé venir sur le théâtre, cachant quelque chose sous son chapeau : Arlequin lui demande :

que porte-tu? --- Un
poignard, dit Gilles.
Arlequin cherche, et
voit que c'est une bou-
teille ; il la vide, et la
rend ensuite à Gilles ,
en lui disant: Je te fais
grâce du fourreau.

HENRI.

Gilles a dû être bien
attrapé.

CHARLES.

Il avoit fait un mensonge ; par avarice , sans doute, il ne voulait pas être obligé de partager son vin avec Arlequin. Arlequin l'a bu tout seul, je trouve moi qu'il a bien fait.

LA MAMAN.

Arlequin se promenant un jour dans la rue, portait sous son bras une grosse pierre; quelqu'un l'aborde, et lui demande ce qu'il vouloit en faire. Arlequin répondit : Rien, monsieur, cette pierre est l'échantillon d'une maison que je veux vendre.

Gilles rendant une vi-

síte à Arlequin, apér-
çut un fromage dans
une bibliothèque : Prê-
tè-moi ce livre-là, lui
dit-il. --- Non, répond
Arlequin, c'est un ori-
ginal ; et tu sais, mon
bon ami, que les origi-
naux ne sortent jamais
des bibliothèques.

CHARLES.

Ce gourmand de

Gilles fut encore puni.

LA MAMAN.

Un jour qu'il n'y avoit presque personne au spectacle, Gilles s'a-vança d'Arlequin pour lui dire tout bas un se-cret : Parlez haut, lui dit Arlequin, personne ne nous entend.

Arlequin, obligé de

raconter la mort de son père, dit : Hélas! dispensez-moi de faire ce récit. Le brave homme mourut du chagrin de se voir pendre.

Une bourgeoise prenoit le titre de marquise, afin de passer pour une femme de qualité. Madame, lui dit Arlequin, prenez garde à ce que vous faites ; le *sobriquet de marquise* pourroit bien vous rester.

Un cavalier battoit son cheval qui lui donnoit des ruades et ne vouloit pas avoir le dernier. Eh! monsieur, dit Arlequin , montrez - vous le plus sage.

Un conseiller borgne

voulantdéciderseulune contestation fort épineuse, Arlequin lui dit: Croyez-moi, empruntez les lumières d'un de vos confrères. — Pourquoi cela? reprit le conseiller. — Parce que deux yeux valent mieux qu'un.

Un homme dont le nez étoit fort camard,

étant venu à éternuer
en présence d'Arlequin,
celui-ci le salua en di-
sant : *Dieu vous con-
serve la vue!* Celui qui
venait d'éternuer, sur-
pris de ce vœu, lui de-
manda pourquoi il le
faisoit. — Parce que,
répondit le bouffon,
votre nez n'est pas pro-
pre à porter des lunet-
tes.

Vous connoissez assez maintenant , mes bons amis, le caractère d'Arlequin. Demain nous nous occuperons de sa famille, ou, pour mieux dire, des personnages qui le suivent ou le précèdent partout. Colombine , Gilles et Cassandre, étudiez vos leçons. Soyez attentifs;

répondez aux soins que prennent vos maîtres de votre éducation ; et je vous récompenserai par une longue conversation sur les trois personnages que je viens de vous nommer.

FIN DU TOME PREMIER.

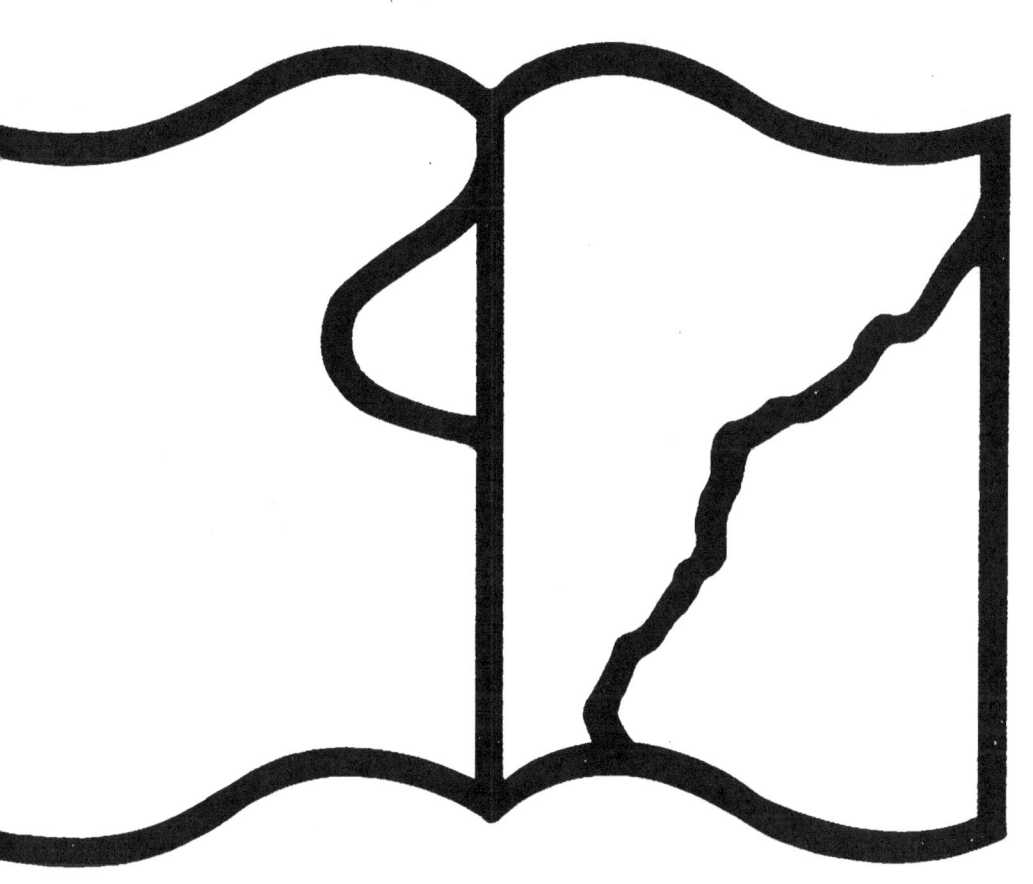

Texte détérioré — reliure défectueuse

NF Z 43-120-11

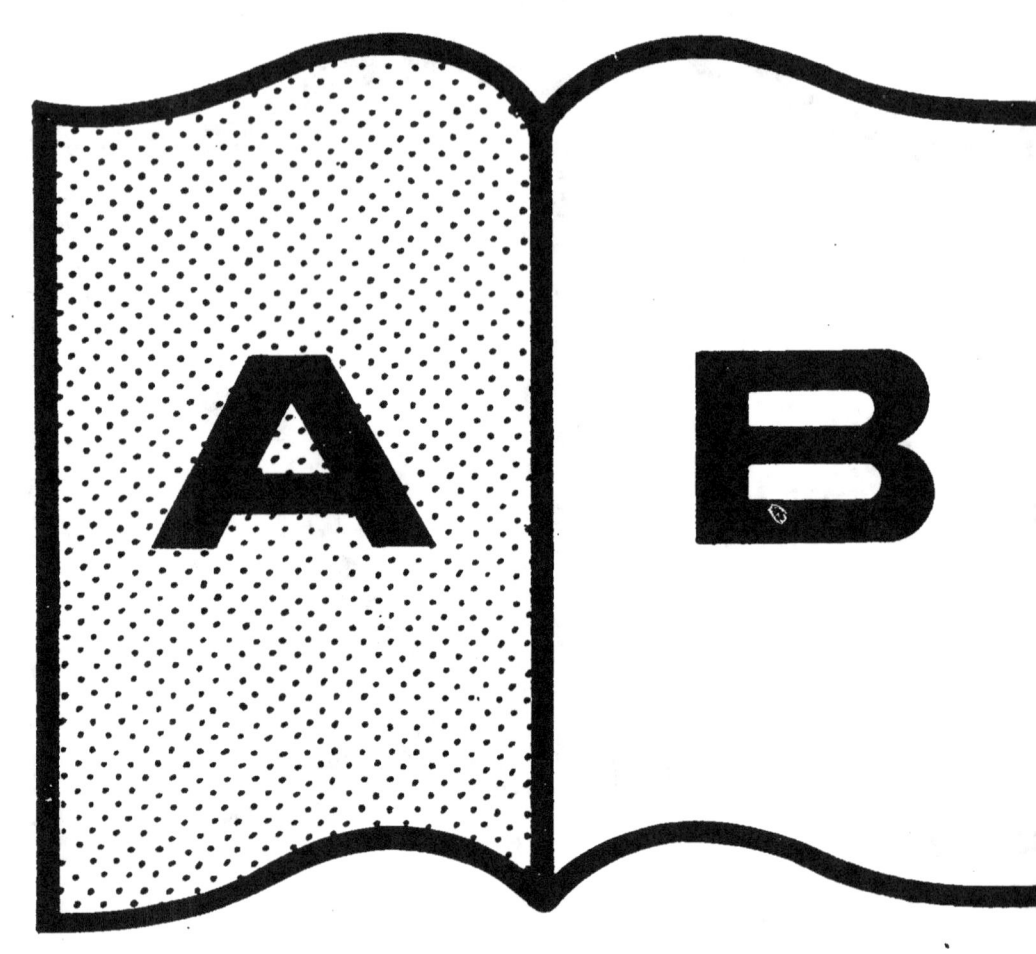

Contraste insuffisant

NF Z 43-120-14

www.ingramcontent.com/pod-product-compliance
Lightning Source LLC
Chambersburg PA
CBHW070800280626
47162CB00016B/1561